你今天拉拉熊了嗎？

雖然今天沒有什麼特別好的事
但也沒什麼特別不好的事
雖然有讓人生氣的事
但總是相同的事

早上六點起床
然後去公司
然後去午餐
然後加班
然後回家

回到沒有燈光的家
和昨天一樣的一天
和去年一樣的一天

哎呀　今天晚上的連續劇
是什麼哩

像這樣的某一天夜晚
開啟冷冷的門

有一隻熊

拉拉熊的生活

~推薦懶懶的每一天~

拉拉熊和他周遭的人們

小薰（25）

在市中心上班的女生。
加班到累癱了的每一天，常常不自覺的走到便利商店。
看看新出品的零食，卻又覺得該減肥了。
有一天回到一個人生活的公寓，拉拉熊就坐在裡面。
他拿走了最愛的懶骨頭坐墊，而且只會製造麻煩，
雖然這隻熊老是添麻煩，但卻想好好照顧他。

拉拉熊

突然造訪小薰的公寓，而且老是添麻煩的熊。
他背上有拉鍊，感覺像是有人穿著拉拉熊裝。
每天喋喋不休滾來滾去的說著：「放輕鬆吧！」
喜歡吃的東西是鬆餅、丸子、蛋包飯、布丁。
最喜歡小薰的黃色懶骨頭坐墊。
最喜歡的事是聽音樂、看電視、泡溫泉。

小黃雞

小薰好像沒有幫他取名字…？
就叫這黃色的鳥為「小黃雞」吧！
總是住在鳥籠裡，但常隨意出來罵拉拉熊。
最近的衝擊是，竟看到拉拉熊背上的拉鍊開了，
裡面有水滴狀的布。

這本書的讀法

本書收錄拉拉熊懶懶的每一天
還有自言自語的每句話。

一頁一頁的看很有趣

也可以閉上眼睛
隨意翻開自己喜歡的頁面
看看拉拉熊留給你什麼訊息喔

每天都看到一樣的事
但又不太一樣喔

跟我的衣服一樣…

糾結在一塊　就先放著吧

什麼時候
能解開啊…
說的也是…

裝了八分滿的肚子
還有兩分的空間
是怎樣的感覺哩

匆匆忙忙也沒有用的

好啦
放輕鬆
放輕鬆

過去也好　未來也好
我就是我

休息一下～吧
這樣不好吧

這不是脂肪是營養呦

過剩的營養吧
捏

偶素在冥想啦

喂 起來了啦
……

肚子咕嚕咕嚕叫好可憐喔

咕～嚕咕嚕～
啊呀～
秀秀
太大聲了吧

重複同樣的事也不是那麼討厭的啊

喀滋
喀滋
吃了又睡
睡了又吃……

我有在看喔

雖然你是影子…
但我知道
你很努力

今天的星星
只有今天看得見喔

哎呀　沒關係啦

小事情
不要太在意啦!!
……

大的竹箱也好
小的竹箱也好
全部都想要

這就是人啊…

太勉強是不自然的呦
自然是最好的

不管什麼時候……
自然是
最好的呦
一點也不自然哩

俗話說一眠大一寸

震ー
震ー
呼嚕
呼嚕

糖分是腦子的食物喔

噗嘰～～
真的嗎？

哭也沒關係喔
因為很快就乾了

真的‧‧‧
會乾‧‧‧嗎？
嗚 嗚 嗚

有事情可以做是幸福的

我負責試吃

困難的事　拿掉試試看吧

變簡單後
答案
就出來了

自以為了不起咧

閉上眼睛休息吧

還可以喔

肚子還可以再吃

你聽
咕
咕嚕咕嚕
吵死了

到那個時候再去煩惱不就好了嗎

一想到
就很擔心
該怎麼辦

就用橡皮擦擦掉吧

忘掉了嗎？
啊

快樂的時候吃什麼都好吃

喀滋喀滋喀滋
你不是無時無刻都這麼快樂嗎？

失敗？是人生的調味料喔

所以
不可以生氣喔

想要的時候才是購買的最好時機喔

特別的羽毛坐墊……
不要浪費啦……

總會有辦法的

什麼時候
弄好啊…

有太陽就可以給我元氣喔

啊~

不努力也想要獎賞哩

獎賞自己的
真舒服
New毯子
喂

是為了使用才存在的呦

噹啷
那是……小薰的……

什麼事都剛剛好　真好

酒也是
溫泉也是
人與人的
關係也是
呼～

因為有很多條路
所以沒關係

喔
你也有正常的時候啊
任何事都有發生的可能性

今天可以做的事　明天也可以做呦

那麼今天
來睡覺吧

管他是黑色　還是白色　灰色也不錯啊

……
誰啊?!

傳家寶是睡覺呦

什麼時候將
傳家寶給我啊？

別說什麼「只要再一次就好」的話
無論幾次　請試試看

多少次
我也等呦

跑得太快會忽略掉很多東西呦

很多很多重要的事
有的時候也跑快一點嘛

試試看吧
其實也不壞啊

好奇心是
很重要的呦

空空的比較好
因為可以裝很多東西

肚子也是
腦子也是
你只有肚子
是滿滿的吧

有困難的時候
就說出來　沒關係的啦

……。
請把我拉起來……

等一下再弄啦

這就是命運吧……

是你
忘了澆水吧

動動下巴
對腦子不錯喔

因為對腦子很好
是念書嗎？

別人罵你是為了你好

反省。
轉頭
又被罵了喔

忘記了也不壞啊

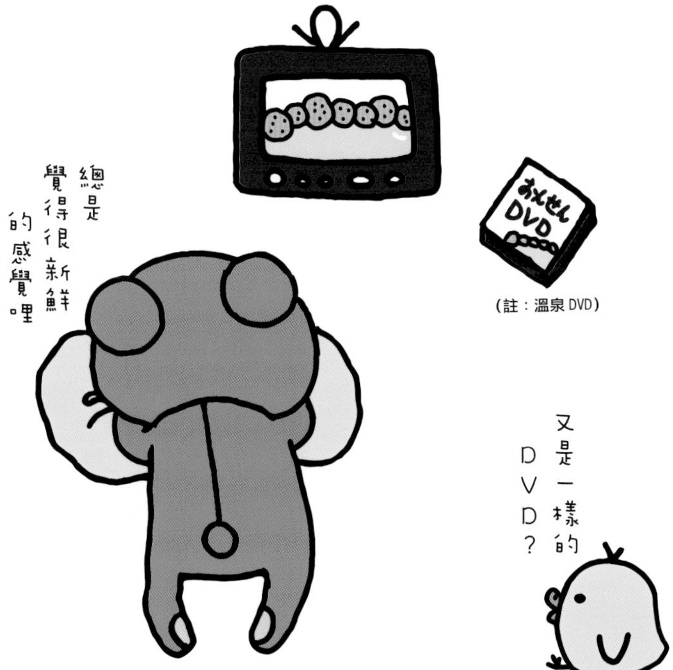

(註：溫泉 DVD)

離幸福還差一點點呦

少了蜂蜜

就好像
少了什麼⋯⋯

首先　動手試試看吧

會有怎樣的好結果咧
說不定很棒喔⋯
喂

生氣的話不會覺得很累嗎？

不好的事就隨著熱水流掉吧

嗚嗚

為了要過冬　這是必要的

喀滋~
看起來不像
是要冬眠

孤零零的一個人嗎？

現在　這個瞬間而已呦

走出籠子的感覺真好

好吧　試著笑笑看吧

嗨
請一起吧…

這就是正確答案囉
因為是自己想出來的

呼嚕
呼嚕
等一下啦
聽我說啦

很忙嗎？還沒忙完嗎？

我就是這樣的傢伙啦⋯
你看你打掃的!!

無論什麼困境　總有一天都會結束的

……
是這邊抽筋…嗎？

別一個人扛起全部呦

煩惱也是
行囊也是

明天的我
會做得更好

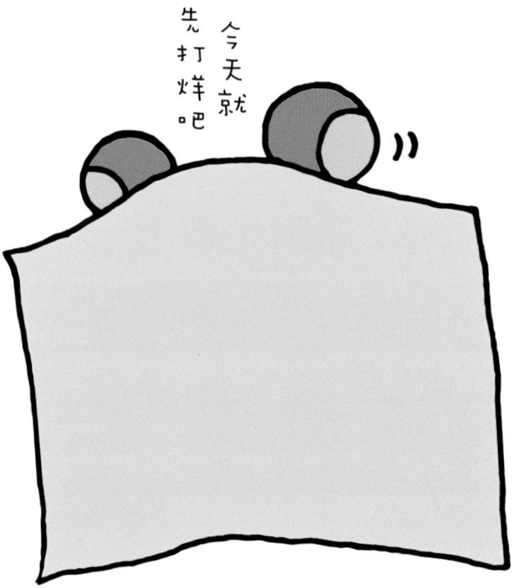
今天就
先打烊吧

結果是好的就好啦　不是嗎

放輕鬆吧！

如果我家也有拉拉熊的話…

拉拉熊的生活：推薦懶懶的每一天

作　　者／AKI KONDO
翻　　譯／朱馨如
美術設計／本本國際　蔡宜靜
企畫選書人／賈俊國

總 編 輯／賈俊國
副總編輯／蘇士尹
編　　輯／高懿萩
行銷企畫／張莉榮・蕭羽猜

發 行 人／何飛鵬
法律顧問／元禾法律事務所　王子文律師
出　　版／布克文化出版事業部
115台北市南港區昆陽街16號4樓
電話：(02)2500-7008　傳真：(02)2502-7579
Email：sbooker.service@cite.com.tw
發　　行／英屬蓋曼群島商家庭傳媒股份有限公司城邦分公司
115台北市南港區昆陽街16號8樓
書虫客服服務專線：(02)2500-7718；2500-7719
24 小時傳真專線：(02)2500-1990；2500-1991
劃撥帳號：19863813；戶名：書虫股份有限公司
讀者服務信箱：service@readingclub.com.tw
香港發行所／城邦（香港）出版集團有限公司
香港九龍土瓜灣土瓜灣道86號順聯工業大廈6樓A室
Email：hkcite@biznetvigator.com
馬新發行所／城邦（馬新）出版集團 Cité(M) Sdn. Bhd.
41, Jalan Radin Anum, Bandar Baru Sri Petaling,
57000 Kuala Lumpur, Malaysia.
電話：+603-90563833　傳真：+603-90576622
印　　刷／韋懋實業有限公司
二　　版／2020年01月
2024年08月1.5刷
售　　價／280 元

Original Japanese edition published by SHUFU-TO-SEIKATSU SHA Ltd.
Complex Chinese Character rights arranged with SHUFU-TO-SEIKATSU SHA Ltd.,
through Haii As International Co., Ltd.

城邦讀書花園　布克文化
www.cite.com.tw　WWW.SBOOKER.COM.TW

你在聽什麼哩？
正在放鬆